亂世童話

文／李峻一、寂然、鄧曉炯　　圖／林揚權、袁志偉、霍凱盛

目錄

Contents

亂 世 枕 邊 書

澳門人給這一輪紛亂世代的備忘錄

／ 李展鵬

「活在如此時局，我們還要經歷多少個徹夜難眠的夜晚？」去年某天夜深，我在臉書寫下了這句話。

過去幾年，也許很多人跟我一樣，曾經多次因為追看突發新聞而不能成眠：太陽花學運爆發那一夜、衝擊行政院那一夜、雨傘運動發生那一夜、旺角釀成騷亂那一夜⋯⋯。當然，不至於叫我失眠但仍令人憂心忡忡的事件就更多了：恐怖攻擊、國家內戰、難民危機、英國脫歐、川普勝出，不勝枚舉。

怎樣的世代才稱得上亂世？這未必有標準答案。但若說當今時局紛亂，相信亦非誇大其詞。在這樣的世代，有人玩樂度日，有人心情鬱悶，有人積極參與各種社運，亦有人嘗試在閱讀中尋找這個世代的答案。

亂世書單是什麼？

然而，在亂世應該讀什麼書？我們可以求諸歷史，看看世界曾經如何敗壞，人類又怎樣走過亂局，鑑古知今；我們可以研讀社科著作，參考學者如何分析時局，現代社會何去何從，洞察當下；我們可以細閱深度調查報導，了解新聞事件的複雜性，社會問題背後的成因，深入時事；我們可以重讀文學巨著，從文學世界思考現實社會，從巨匠的眼光察看人性，反思世情。

除此之外，還有什麼書籍可以回應一個世代？一本童話故事繪本集又如何？

我們有時對童話存誤解，認為它只是孩童讀物；我們有時對繪本有偏見，覺得它不比文字著作有深度。但是，童話故事往往有豐富的文化意涵，背後亦有複雜的政治社會脈絡。影響力橫跨二百年的格林童話就隱藏許多當時的性別、家庭、社會意識，當時格林兄弟有意收集民歌民謠，是要建構德意志文化，跟神聖羅馬帝國的解體與後來德意志帝國的建立有微妙關係。

至於繪本亦只是一種文體，它可以充滿童趣與教育意義，也可以訴說成年人世界的故事，法國的桑貝（Sempe）及美國的希爾弗斯坦（Shel Silverstein）在台灣出版過多本甚受歡迎的繪本，都並非

純粹的兒童讀物，至於台灣的幾米，以及香港的麥兜小豬系列創作人謝立文及麥家碧的作品，其主題內容亦遠遠超越兒童題材，香港早有大量評論分析麥兜的故事如何反映社會動態與香港人的集體情緒。

前兩年，幾個澳門創作人就以繪本故事去回應當下的社會、人心與時局。《亂世童話》的五個故事來自 2015 年及 2016 年澳門藝術節的兩個繪本音樂劇場《異色童話》及《亂世童話》。兩次演出都是集合了文學、插畫、戲劇及現場音樂的跨媒體創作，幾個故事以童話的架構、荒誕的故事及奇幻的繪圖，探討世道人心，可視為當代寓言。當時看畢演出，我就很想出版裡面的故事，讓它們被劇場以外的更多人看到。這次澳門《新生代》雜誌有幸跟我甚為欣賞的八旗出版社聯合出版這本書，是美妙的緣份。

五個故事〈守夢人〉、〈努力工作〉、〈餓鬼〉、〈收藏家〉及〈獨眼兒〉的題材及視覺風格各異，但同樣是對這個紛亂世代的回應。綜看幾個故事，可以歸納出幾組「亂世關鍵字」：記憶與遺忘、良知與墮落、貪念與愚昧、戰爭與扭曲制度、人性與近親相殘、異類與逆耳忠言。這些關鍵字訴盡了活在這世代的困惑：為了利益，我們願意抹去記憶嗎？為了工作，我們願意埋沒良知嗎？為了求生，我們接受人吃人嗎？最後，全書提出一個叫人不敢直視的問題：如果講真話會令一個人變成受盡白眼與排斥的異類，你會背上十字架，成為這個異

類嗎？

　　這本書很輕，你可以很快就看完了；這本書也很重，那些問題可能要好幾代人花一輩子的時間不斷思辨、不斷實踐去回答。

澳門人的亂世備忘

　　創作這幾個故事的人，是六個澳門創作人。台灣讀者也許感奇怪，澳門人怎麼寫出如此沉重的亂世寓言？的確，這幾年在台灣坐計程車，偶爾就有司機知道我是澳門人之後說：「你們澳門真好呀！政府每年派幾萬台幣給你們是不是？」有時跟台灣朋友聊天，提到澳門的大學畢業生起薪有五六萬台幣，他們會說：「天呀，這是台灣的兩三倍呢！」然後開玩笑問我有沒有工作介紹。今天，澳門的人均 GDP 已是亞洲第一，創作人怎麼在寫充滿悲調的故事？

　　對很多台灣人來說，澳門是一個似乎很熟悉、但其實很陌生的地方。除了賭場、大三巴與葡國蛋撻之外，對澳門就沒有太多了解了。而且，台灣人亦很少接觸澳門人創作的藝文作品。事實上，搖身一變成為超級賭城之後，澳門一方面非常富裕，另一方面卻是社會問題百出：旅遊業與城市發展破壞了文化遺產，薪水豐厚的賭業讓大量年輕人變成發牌機器，而既得利益者亦說盡歪理助長整個城市畸形發展。

小小的澳門，被捲進賭博旅遊業、中國經濟大局、全球化之中，它所經歷的正是當下許多世界問題的縮影。借由這本書中的奇幻繪本故事，讀者一方面可反思當下世界時局，另一方面可窺看這賭城的創作人的思考與情感。這本書的故事從沒提及澳門，但澳門又無處不在，而裡面的許多訊息又是普世性的。

　　下一次，如果又那麼不幸地，我們再次因為動盪時局而徹夜難眠，也許，伴在我們枕邊的可以是這一本《亂世童話》。

{我是獨眼兒與餓鬼} ／ 李峻一

〈獨眼兒〉與〈餓鬼〉本是澳門藝術節《異色童話》及《亂世童話》音樂劇場中,我所寫的兩則故事。〈獨眼兒〉是關於少年時的自己,〈餓鬼〉則是中年時的自己。

先談〈獨眼兒〉。獨眼兒的寂寞、離群及自卑自憐,全是我少年時代的感受;有時覺得自己是智者,與周遭的蠢材無法溝通,有時驚覺自己才是那個傻瓜、醜八怪、異類,活該被這世界看不起。即使過了許多年後,與這世界早已和解了,怒氣也少了,但一到秋季,孤獨感仍會襲來,躲也躲不了。

〈餓鬼〉則是迷失中年的自己,左搖右擺,而且越活越無知;孰是孰非、誰善誰惡,越來越無法肯定。關全在故事中有說過以下一番話:「朝廷稱我們作流寇,我們就自稱是義軍,其實叫什麼我沒所謂,做什麼也沒相干,我只是想吃飽!」對啊!生存已經不易,何必質問自己與身邊的人,餓的時候,曾經偷偷吃過什麼?又何必強行分個黑白?

其實童話世界本應善惡分明,好人壞人都有個樣板,看的時候才會安心,知道英雄終將脫險,惡魔總被消滅,正義得以伸張。但是,《亂世童話》中的主人翁沒有這樣幸運,他們會不得善終,也可

能會墮落，或由英雄淪為狗熊。這當然比較貼近現實，也比較貼近你和我，不過，即使沉淪如關全，疏離如獨眼兒，仍會在某些關鍵時刻，會無私地付出，在黑暗的亂世中，迸發出一點人性光輝。而那一點點光，才是這些黑暗故事中的真正救贖。

感謝寂然、鄧曉炯兩位作家，以及霍凱盛、林揚權及袁志偉三位繪本畫家的精彩創作，更要感謝李展鵬先生，一直為此書牽針引線，終於促成此繪本的誕生。作為《異色童話》及《亂世童話》的藝術總監及曲詞作者，亦希望此舞台作品有一天可以重演。繪本加上音樂又是不同感受，不過，這將是另一個故事了。

{ 人與城的記憶 } ／ 鄧曉炯

記得大概在 2014 年，我接到李峻一的邀請，有幸連續兩年參與了繪本音樂劇場《異色童話》和《亂世童話》的創作，交出了〈守夢人〉和〈收藏家〉兩個故事。其實在構思之初，我就決定選擇「記憶」作為創作主題，從〈守夢人〉到〈收藏家〉的構思和寫作，也反映了自己在不同階段的思考沉澱。

隨著跨越世紀的新時代轟隆而至，澳門也從一個安靜閒適的小

城變成了一座喧鬧繁囂的都市，十幾年來，被發展巨輪輾壓而過的，除了這座城市，還有在其中安身立命的一個個微小個體。在這個大時代裡，除了少數的一批「風雲人物」，我更關心的，是為數更多的、微不足道的個體。雖看似無關宏旨，但這些散落於宏大敘事的邊緣角落裡的生命記憶，或許更加鮮活生動、令人感懷。

如果說〈守夢人〉是在嘗試回溯一座城市、一個時代的「記憶」，那麼〈收藏家〉則嘗試轉回個體的角度，審視「記憶」的價值和意義。而事實上，不管是一座城的記憶也好，一個人的記憶也罷，在時代浪潮的喧譁聲背後，各種不同的記憶到底該如何衡量選擇？記住和遺忘、重視和忽略、真實和虛假之間，又經歷了怎樣的變遷錯置？這兩故事的書寫過程，亦正是自己在這十幾年間不斷疑惑、掙扎、糾結、反省的過程。

讓我感謝此書另外兩位創作人——李峻一和寂然，大家一起互相討論、激盪的創作過程是美好且難忘的，還有從〈守夢人〉到〈收藏家〉的導演莫倩婷。尤其在後一個故事的創作過程中，她也提供了非常寶貴的意見。還有一眾出色的本土畫家、音樂家、詞曲作家、歌手及演員們，是他（她）們賦予了這些故事生命，化成關於社會、政治及人性的舞台寓言。而今，這些故事和圖畫將以繪本形式出版，將延展出更綿長、持久的藝術生命力，也進入更多人的記憶之中。箇中奇妙緣份，令人感懷至深。

{ 故事的力量，怪獸的反思 } ／寂然

　　這是我第一次與人合作而產生的創作。當時，李峻一先生決定以「繪本音樂劇場」的方式呈現這個故事，並且定下了「童話」的基調，但不走親子路線，反而要求暗黑的格調，於是我開始在這樣的框架下思考，創作故事。

　　〈努力工作〉所說的不是未來，而是現在，而且直面城市發展、金錢至上的危機，毫不掩飾地展示「資本主義有怪獸」，反思永無止境的發展、唯利是圖的價值觀對人們身心的扭曲。這個故事在一定程度上反映了年輕一代對城市發展的隱憂，大家努力工作，究竟是為了商家的利益，還是更好的未來？如果一個人不是為了錢而努力工作，他要對抗的又是一種怎樣的力量？因為是「童話」，所以情節天馬行空。

　　為了配合繪本劇場的形式，我在故事中加入大量令觀眾似曾相識的場景描述，所以即使沒有特別說明，大家只要看到那些畫面，馬上就會聯想到這個故事應該發生在哪個城市。我喜歡以這樣體貼觀眾和讀者的方式創作，因為我們都關心著大同小異的問題，即使把一些想法寄託於「童話世界」，但感情和希望卻是建基於現實的。

人為了利益，城市為了經濟發展，
犧牲了多少歷史記憶？

—

在某個城裡，每晚有夜精靈趁人們熟睡之時吸去他們的記
憶，然後吐出金子。於是，城裡的人都沒有記憶，但卻豐衣
足食。終於，一群守夢人把夜精靈捉住，守護城市記憶，但
因為沒有金子，人們陷入貧窮，並開始不滿。究竟是記憶可
貴，還是金子重要？

篇一／Chapter 1

守夢人

這是一座沒有記憶的城市。

其實也不是沒有記憶，而是這城裡的人，記憶只能維持一天。

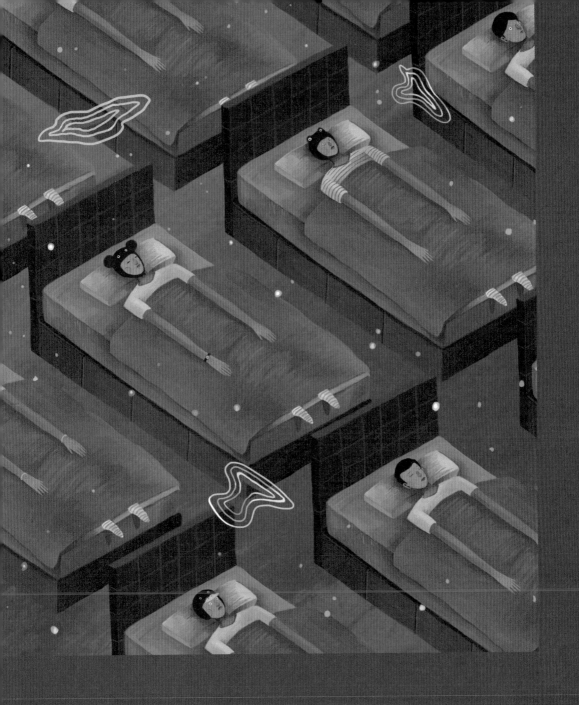

每天夜裡，當全城人都睡著後，無數夜精靈便從黑夜裡湧出，

它們吞噬光所有人的夢和記憶，拉出來的排泄物，竟然變成一地的金子！

在太陽升起之前，夜精靈紛紛躲回棲身之處，重新等待下一次日落。

就這樣，周而復始。這座城市沒有記憶，人們什麼都記不起來：妻子不記得丈夫，父母認不出兒女，也不記得自己的名字、自己的過去。

他們唯一認得的，就是那些不知從何而來的金子。

終於，有人不願再這樣糊裡糊塗地活下去，他鍥而不捨的熱
情，鼓舞了越來越多的追隨者，一個、兩個，幾十、數百，
追隨者越來越多……

這群人決心要守護自己的夢和記憶，

他們給自己起了一個名字——「守夢人」。

雖然夜精靈刀槍不入、水火不驚。但守夢人無意中找到了捕捉牠們的方法──

就在夜精靈即將跳進人們夢鄉之際，將牠們關進玻璃瓶裡！

成百上千個玻璃瓶裡的夜精靈，被送往城外最遠的海邊。

在那裡，有一座臨時用來囚禁夜精靈的海岸燈塔。

終於，一個陽光燦爛的早上，人們一覺醒來，驚訝地發現：

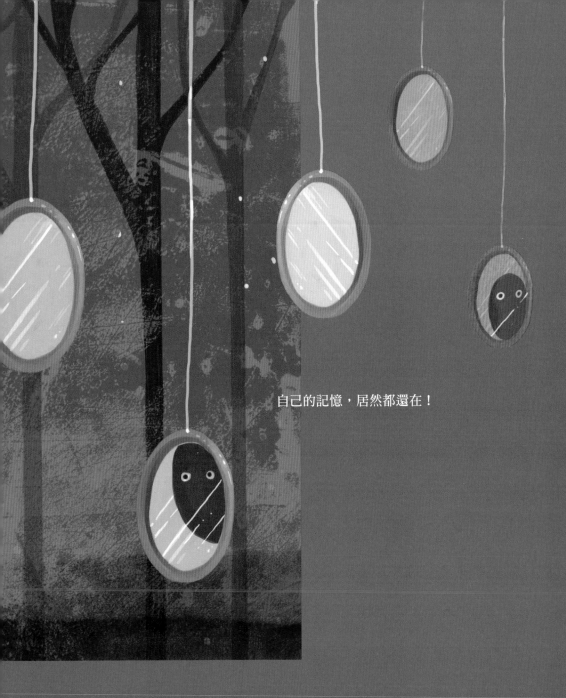

自己的記憶，居然都還在！

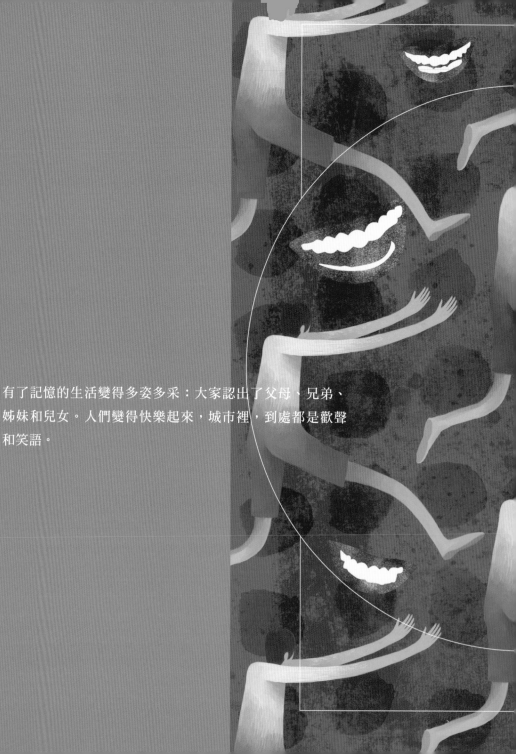

有了記憶的生活變得多姿多采：大家認出了父母、兄弟、
姊妹和兒女。人們變得快樂起來，城市裡，到處都是歡聲
和笑語。

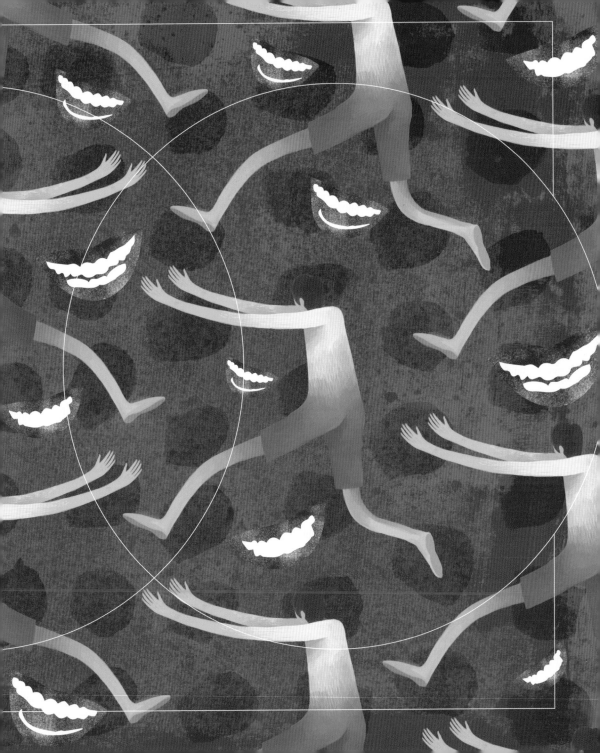

那些留在高塔裡看守夜精靈的守夢人，

成了家傳戶曉的英雄，廣受人民景仰和稱頌。

但是，日子不斷過去，問題接踵而來：沒有金子的生活，人
們越來越不習慣。有人開始離開守夢人的隊伍，

一個、兩個，幾十、數百，最後，只剩守夢人孑然一身。

城裡的人開始懷念以前仍有夜精靈的日子。越來越
多的人聚集起來：

「不如我們去求求守夢人，放了那些夜精靈吧？」

那個守夢人——曾經受人景仰的英雄，

如今卻變成萬眾詛咒的罪人。

終於，某個夜晚，爆發了一場席捲全城的暴動，人
們匯集成浩浩蕩蕩的洪流，湧向海邊那座高塔。

「我們不要什麼記憶了，我們要夜精靈的金子！」

海邊燈塔在烈焰炙烤下灰飛煙滅。

那些囚禁夜精靈的玻璃瓶子全部碎裂了一地。

成千上萬的夜精靈終於恢復了自由。

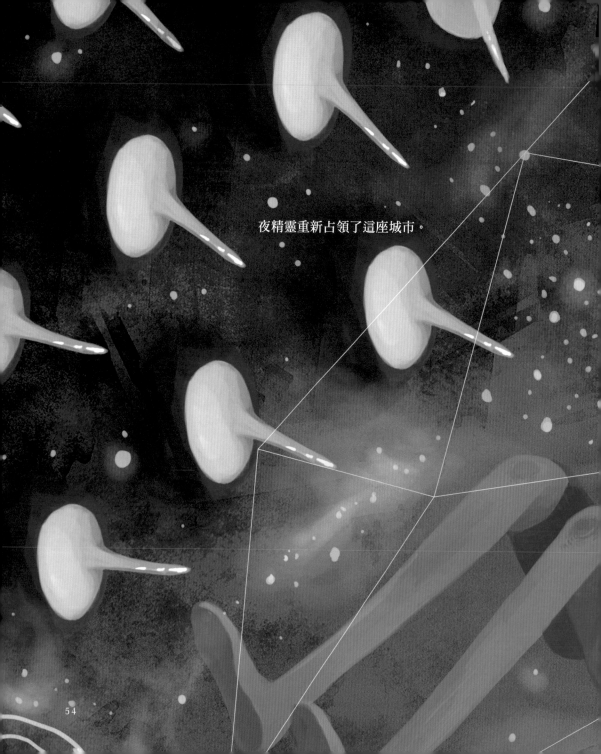

夜精靈重新占領了這座城市。

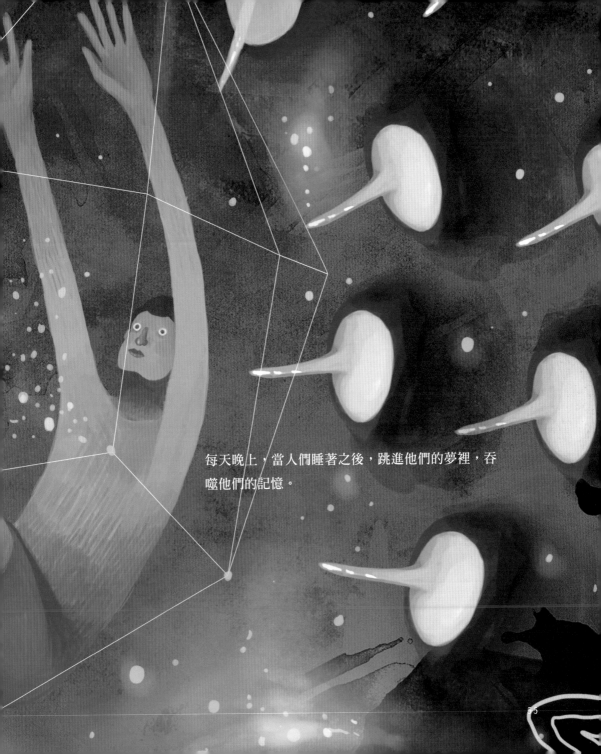

每天晚上，當人們睡著之後，跳進他們的夢裡，吞噬他們的記憶。

55

歷史又開始不斷重複：妻子不記得丈夫，父母認不出兒女，
人們唯一認得的，就是一覺醒來的遍地金子……

沒有記憶的日子，卻更加快樂，也許。

這裡又變成一座沒有記憶的城市。

只不過，這一次，是人們自己的選擇。

雖然，他們並不記得。

當目標出錯，當體制扭曲，
努力工作又是為了什麼？

—

在某個城裡，有一間財力雄厚的超級大企業。一名年輕女子
進入該公司上班，堅持努力工作的她非常賣力。但她後來竟
發現一連串大秘密，包括上司竟是披著人皮的妖，這妖怪勸
她進入管理層，繼續「努力工作」……

努力工作

這是一個臨海的小漁港。漁港的東西兩側，各有一座小山丘。東邊的山丘上，有一座燈塔，劃破黑夜的寂寥，照耀四方。

不久之後，小漁港開始發生變化。

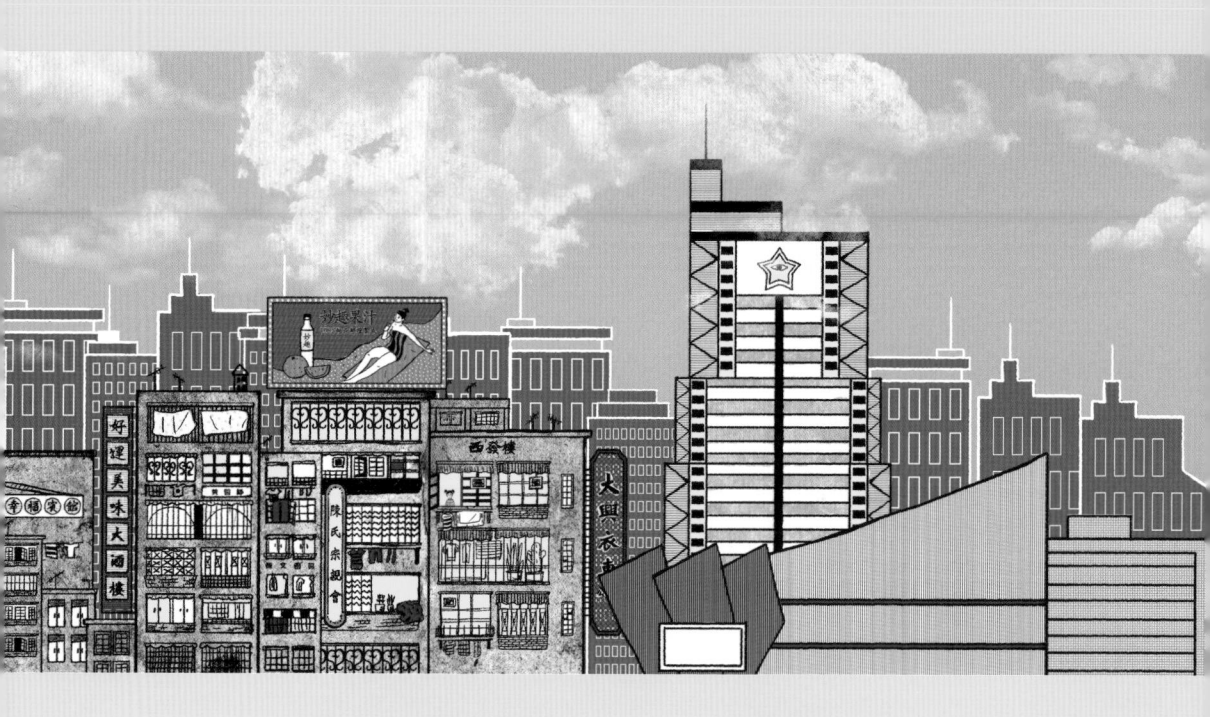

各種高樓漸漸建成，東西兩邊的山丘都被高樓擋住。燈塔不見了，標奇立異的建築跟之前的一派悠閒形成強烈對比。一個小女孩，在海旁，看著這個璀璨的城市，對未來充滿憧憬。

在城市南面，海旁的高樓群中，聳立著一座惡俗浮誇得無以復加的金色巨型建築物，遠看像個金碧輝煌的巨大保險箱。

亮星集團的資金來源十分神秘，耐人尋味，但在這個城市，黑與白有時根本沒有明確的界線。好人會做壞事，壞人也會做好事。只要你賺錢比人多，花錢比人狠，人們就會把你視為成功人士。為了改善生活，詩詩決定要加入這間公司。

發出應徵信不足三日，亮星集團便致電詩詩約她面試，這樣的工作效率，令詩詩對未來的事業發展充滿期待。更令詩詩意外的是，她竟然獲得行政總裁齊先生親自接見，於是她開始對這位齊先生充滿遐想。

然而，她在面試時才發現，齊先生並沒有想像中英俊瀟灑，在面試過程中，齊先生只是翻閱一下詩詩的履歷，打量一下她的身材和樣貌。

然後說：「這麼漂亮的女孩，怎麼會去做會計？」說完便哈哈大笑，令詩詩好不尷尬，但笑完之後，齊先生竟馬上決定要聘用她。

當詩詩正式上班後，她便感覺到這間公司果然與眾不同。

齊先生是一名暴君，集團內所有部門都像戰場一樣混亂。

所有同事都忙得有躁狂傾向，而且詩詩從未遇過一名有禮貌的同事，

在這間公司，同事之間誰夠野蠻誰就有發言權和決定權。

隨著對集團運作的熟悉及工作量不斷增加，詩詩的工作時間開始不自覺地延長，
由每日超時工作一小時，漸漸延長至加班四小時至六小時不等。

這樣子幹了三個月，詩詩的體型暴瘦。不僅每晚睡眠不足，由於整天都為公司的事情勞心勞力，她吃飯時也沒有胃口。她的臉色越來越差，體重減了二十磅。

大部份同事對這樣的生活竟然若無其事。所有人都像瘋了一樣為公司任勞任怨，不管有多累，不管有多餓，不管有多氣餒，在這份據說很能賺錢的工作面前，所有人都努力得忘記了自己。

齊先生不時跟同事說：「想在我們的集團長久工作，要學會把『異常』視作『正常』。唯有這樣，集團才會增值，你們才會成長。」

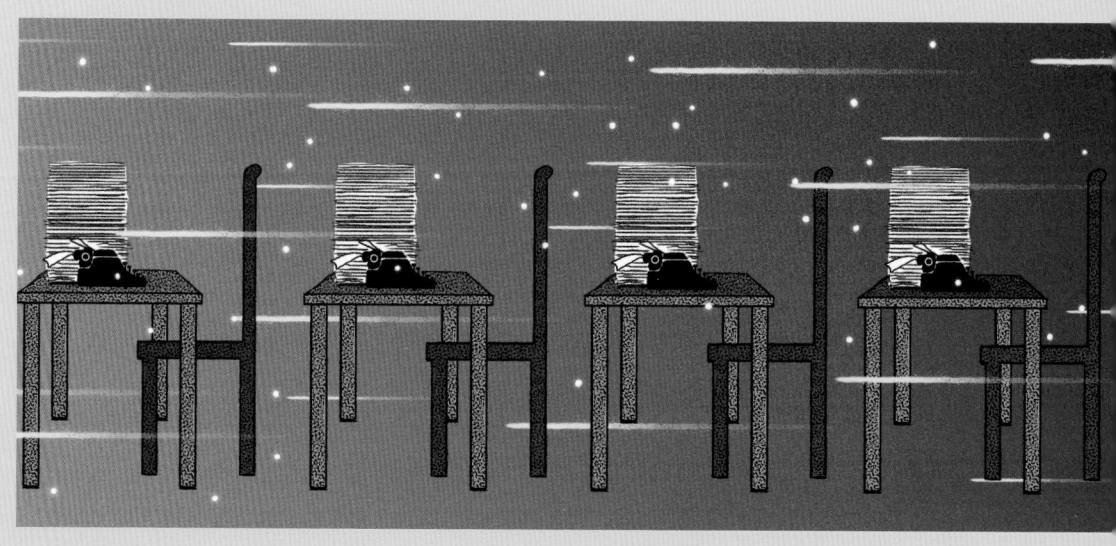

所有問爭都定了，怎麼妳還不離開！妳很喜歡自任么可嗎！」

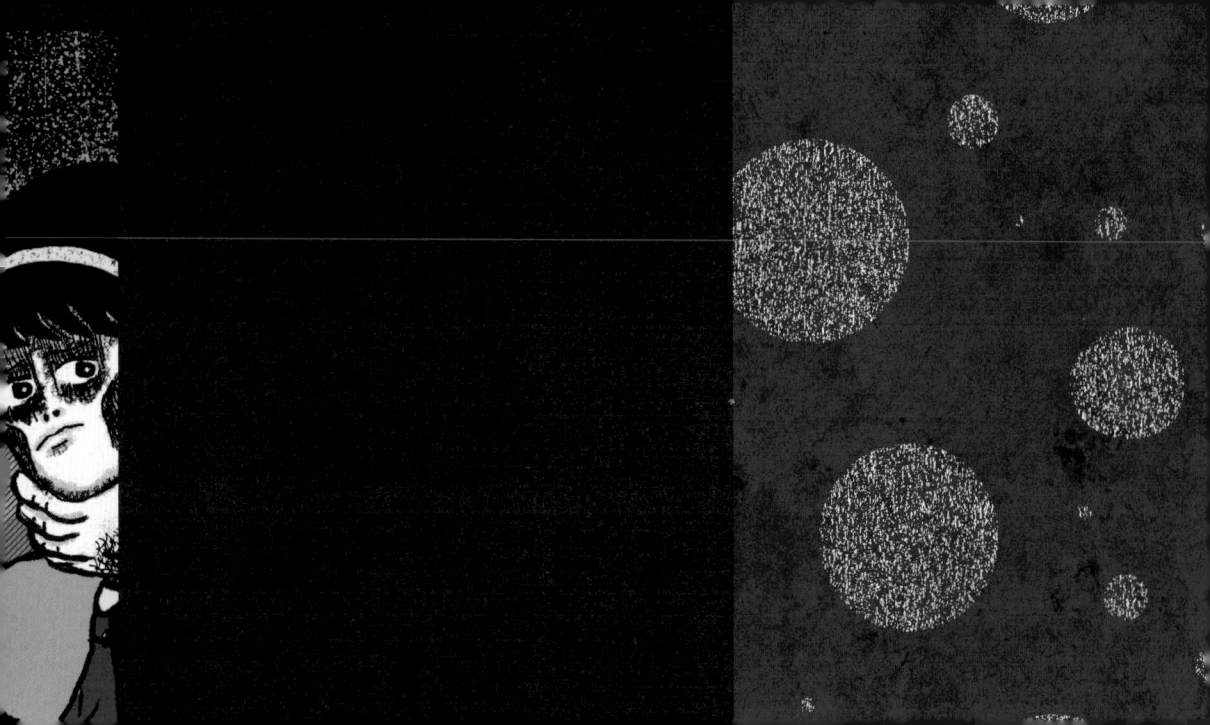

詩詩說：「我希望自己的努力能得到公司的肯定。公司二十四小時運作，我盡最大努力把工作做好。況且，老闆你也沒有休息過。我始終比你年輕，應該可以支持更長時間。」

齊先生說：「既然妳這麼喜歡公司的業務，我讓妳參與公司的核心業務好不好？」

詩詩高興得差點要跳起來：「多謝老闆。」拿起手袋便要跟齊先生走。齊先生說：「別客氣，年輕人這麼努力工作，實在難得，應該是我多謝妳才對。」

「我一直相信，集團成功的背後，最關鍵的，就是人。」說完這句話之後，齊先生把詩詩領到他的辦公室，並且讓詩詩站在他那個巨大的保險櫃之前。

齊先生把保險櫃打開，然後哈哈大笑，他說：「我們的核心業務，就是把本市最貪
婪，最有野心的人據為己有，轉化他們的能量，讓他們永遠為集團賣命。」

這時候，齊先生伸手在他自己的頭頂，找出一道夾縫。接著，他把夾縫像拉鏈一樣拉開，揭開自己的頭皮。

一頭超越人類想像的怪獸在齊先生的身體內掙破皮肉，跳到詩詩的面前，嚇得她失控尖叫。

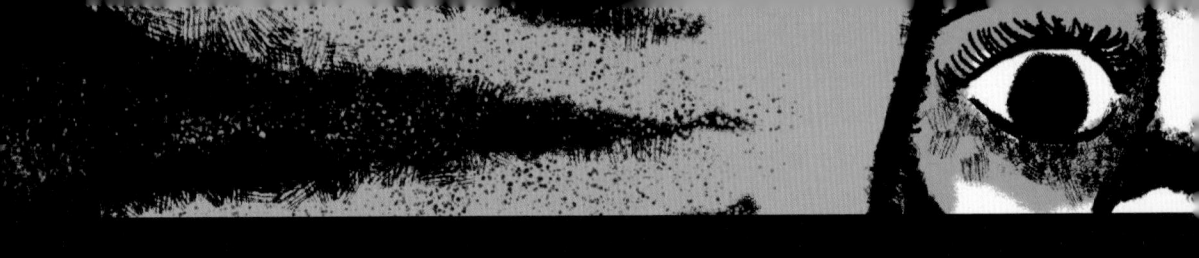

那怪獸全身散發金光,令人無法直視,但其形態既像一條龍,又似一隻蟹,還有
一雙蒼蠅一樣的複眼,雙手卻是一對巨大無比的鉗。他在詩詩面前表現得無比猙
獰。

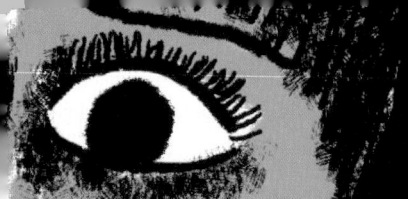

他說：「我邀請妳加入成為我們的一員，不是要妳滅亡，反而是助妳追求更完美的人生。」

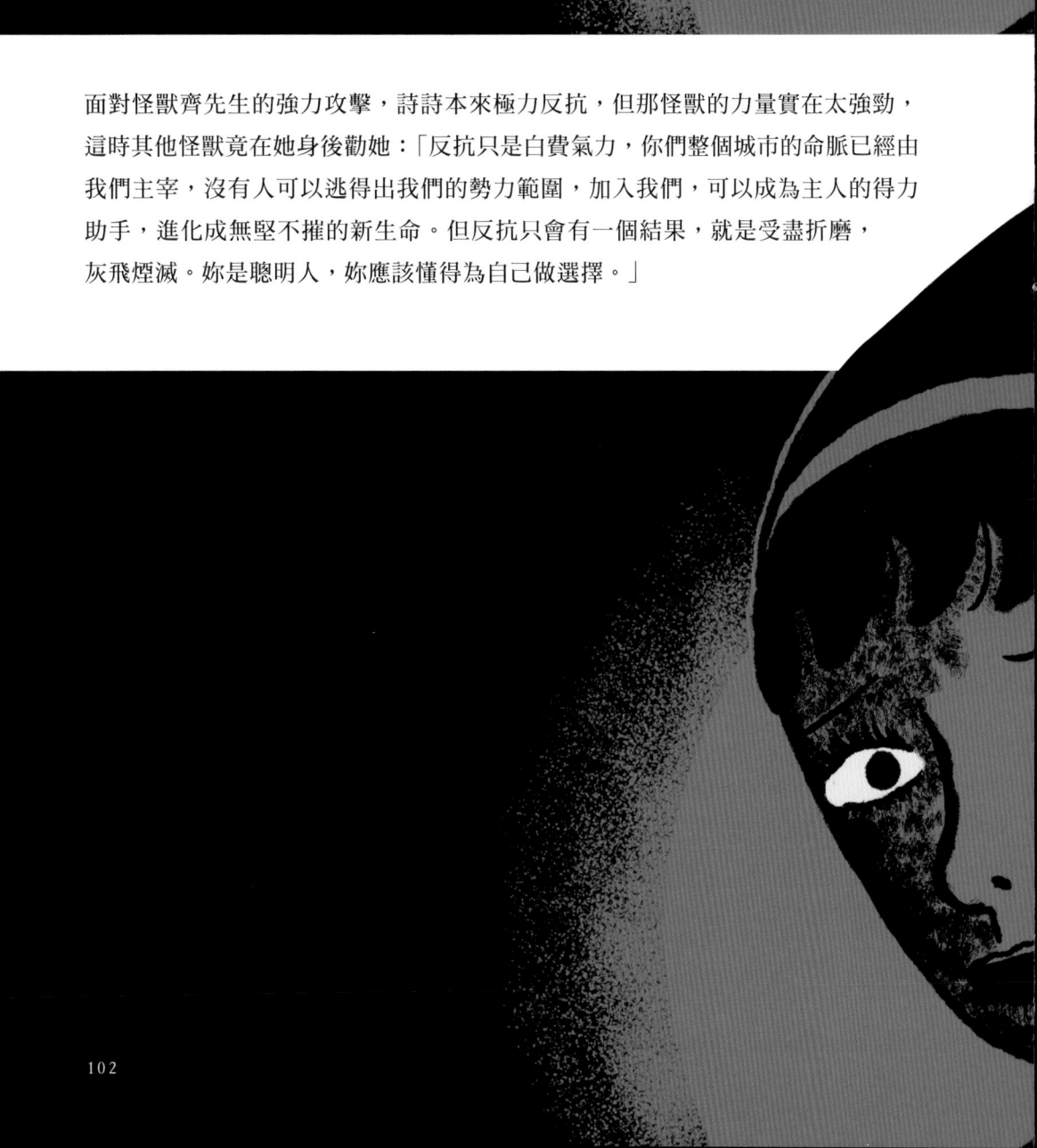

面對怪獸齊先生的強力攻擊，詩詩本來極力反抗，但那怪獸的力量實在太強勁，這時其他怪獸竟在她身後勸她：「反抗只是白費氣力，你們整個城市的命脈已經由我們主宰，沒有人可以逃得出我們的勢力範圍，加入我們，可以成為主人的得力助手，進化成無堅不摧的新生命。但反抗只會有一個結果，就是受盡折磨，灰飛煙滅。妳是聰明人，妳應該懂得為自己做選擇。」

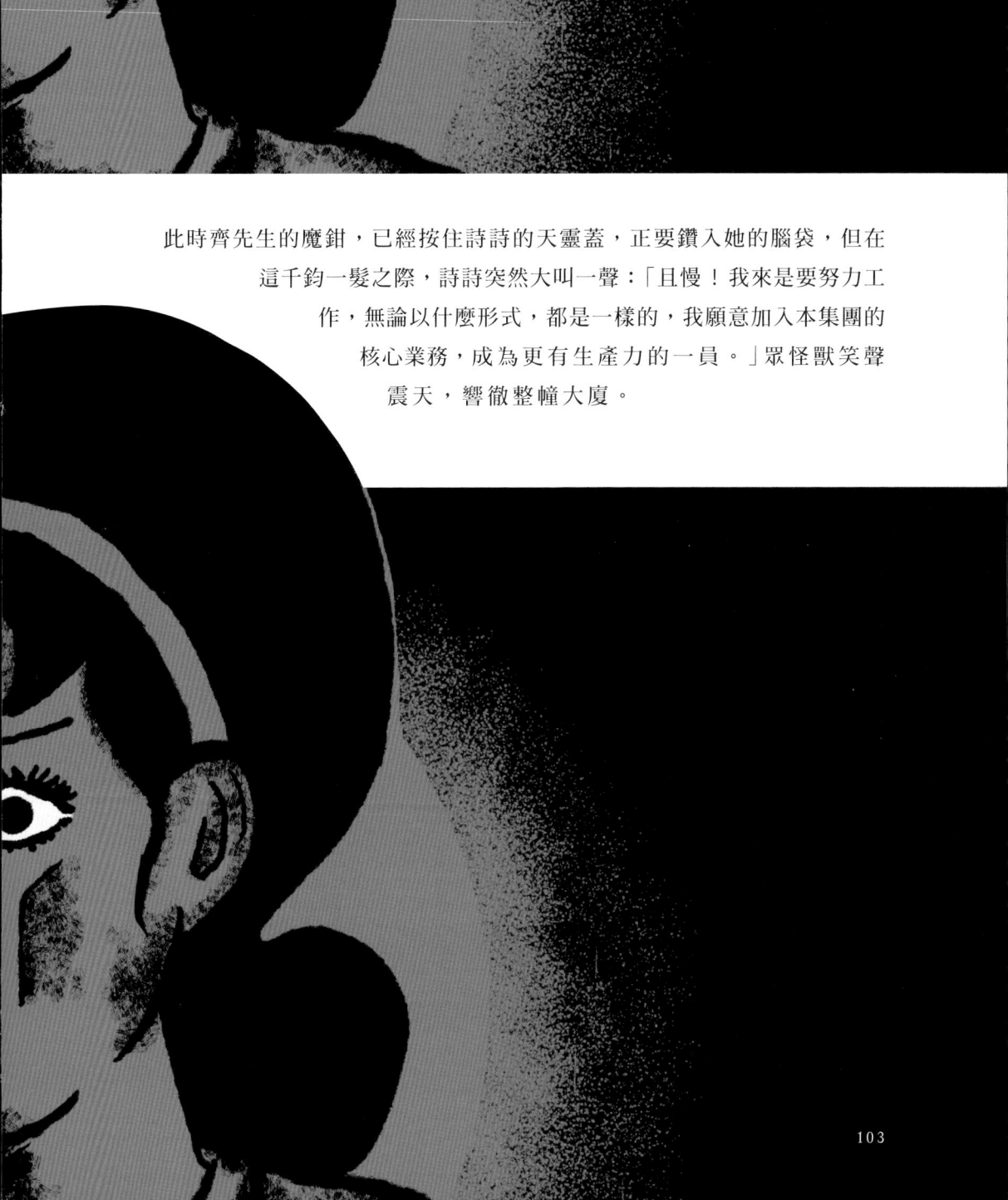

此時齊先生的魔鉗，已經按住詩詩的天靈蓋，正要鑽入她的腦袋，但在這千鈞一髮之際，詩詩突然大叫一聲：「且慢！我來是要努力工作，無論以什麼形式，都是一樣的，我願意加入本集團的核心業務，成為更有生產力的一員。」眾怪獸笑聲震天，響徹整幢大廈。

沒多久，詩詩晉升為亮星集團的人力資源總裁。她總愛在演講時說：「我們一直相信，集團成功的背後，最關鍵的，就是人。」

她曾立志要努力工作，結果是把自己變成一頭怪獸。

107

在人吃人的世代，當人性泯滅，
什麼可喚醒人的情感與良知？

—

明末亂世，戰亂連連，一個在戰爭中倖存的將軍獨自走進山林，
極度飢餓之時，他在荒林之中遇上一名神秘啞童，並想把他吃
掉。但啞童不但給他果子充飢，又竟唱出將軍家鄉的歌謠，到底
他是誰？

篇三 ／ Chapter 3

餓鬼

明末，朝廷昏庸、民不聊生，北有清軍壓境，西有李自成、張獻忠起義。由於饑荒處處，戰禍不息，人吃人之事甚為普遍，

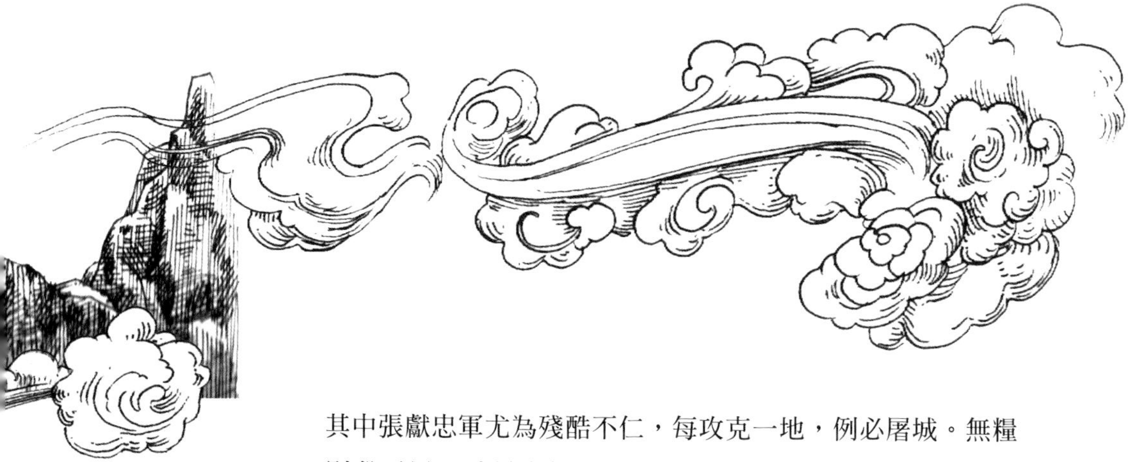

其中張獻忠軍尤為殘酷不仁，每攻克一地，例必屠城。無糧則殺平民及戰俘充飢，慘無人道。所謂地獄之景象不在地下，而在人間。

關全自泥濘中緩緩醒來，睜開兩眼，入目所見的是一張張死不瞑目、敵方士卒的猙獰面孔，關全只覺得全身都痛，左腳尤其痛得厲害。

他咬緊牙關站起來，兩腳避開滿地的斷手殘肢，一拐一拐地向前行，發現自己置身於一片廣闊的樹林之中，記憶逐漸恢復；

他想起自己是張獻忠軍的將領，被敵方埋伏，部隊幾乎被殲滅。最後與十餘個部下殺出重圍，慌不擇路逃進樹林之中⋯⋯ 部下與馬匹臨死前的慘叫與悲鳴，是他昏倒前最後的記憶。

關全在樹林之中腳步蹣跚地向前行，又累又不安，但最壞的
感覺是餓，飢餓像烈火一樣燒著他的五內。

就在絕望之際，關全發覺有個矮瘦的身影，躲在前方的大樹後偷偷打量，原來是
個大約八、九歲的小童。

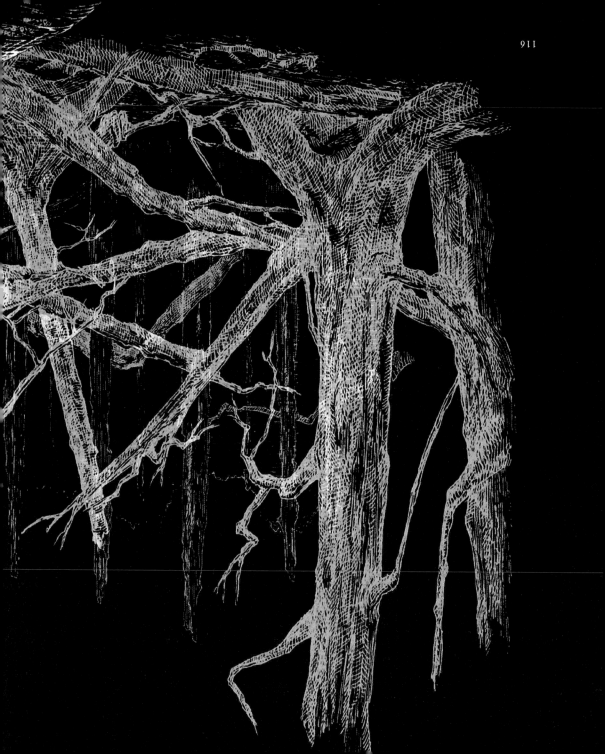

關全心起歹念。要知道，當其時每年不是天災，便是戰禍，張獻忠軍又一向無惡不作，對於吃人肉，關全並不陌生。

關全假裝跌倒，叫小童過來攙扶，當小童慢慢走近，關全忽然坐直猛伸手想將其捉住。可是小童腳步飛快，關全抓他不著，小童躲到大樹之後，關全一聲大吼，目露凶光，索性站起身去捉小童，

可是腳傷嚴重，在樹林中追了小童幾圈，已痛得滿臉是汗，偏偏就捉不著小童。關全又累又餓、又怒又痛，終於再一次昏了過去。

關全慢慢轉醒，掙扎著爬起身來，發覺小童腳邊有十幾個野果。

關全立時搶到手上，連皮帶核地吃了，只覺得人間無上美味，莫過於此。吃飽了野果，關全便問小童，有否見過一隊舉著張字旗號的人馬，從這附近經過？小童點頭，關全大喜，說：「你知道那些人在哪？快快帶我去！」小童點頭同意。

於是，小童便領著關全去尋找失散的張獻忠軍隊。他們置身在廣闊又幽深的樹林，關全完全無法辨認方向，只能任憑小童領路。小童在樹林裡神出鬼沒，每日總能摘下些野果供關全食用，

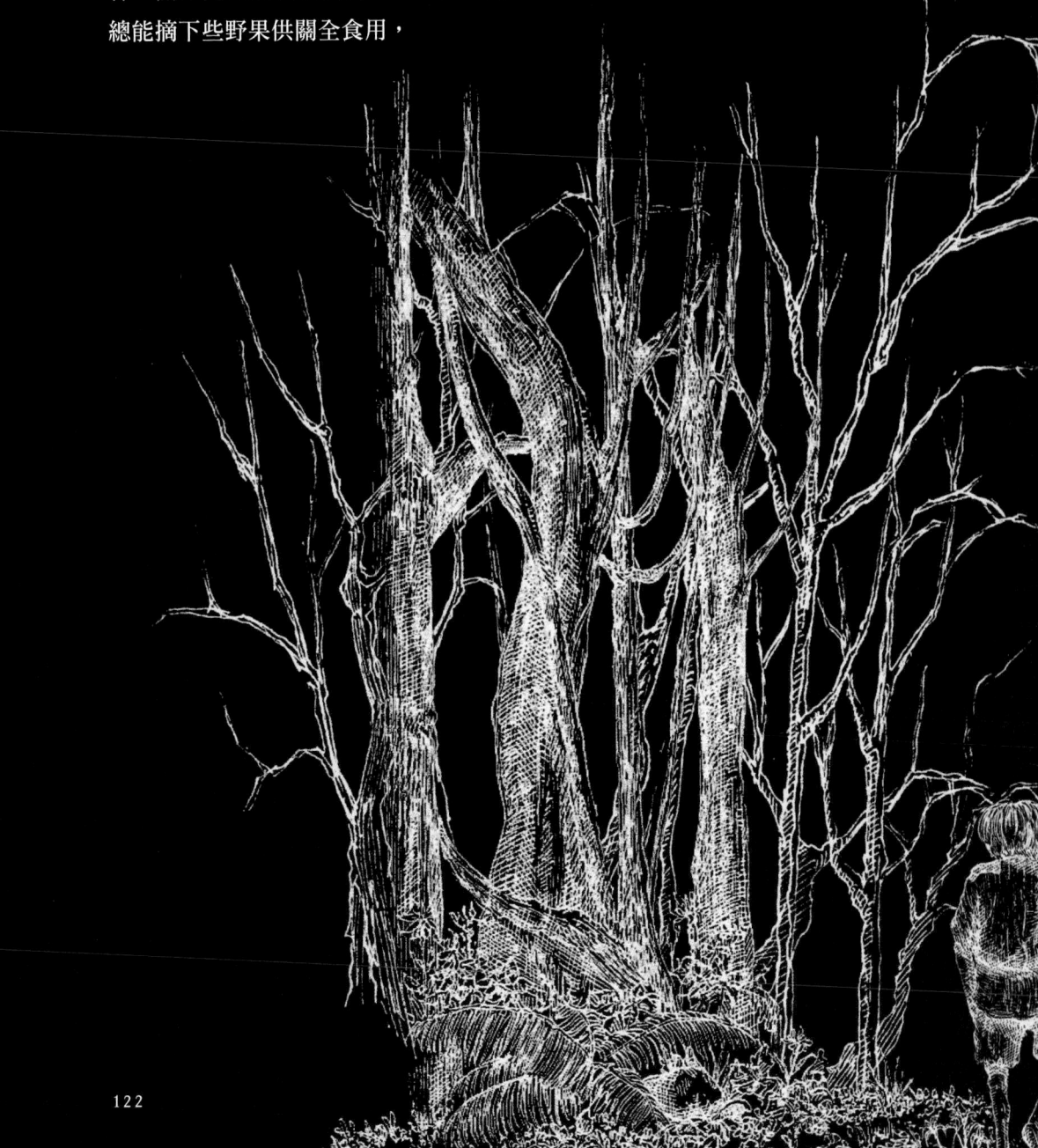

由於要靠小童帶路，而且又有野果充飢，關全便打消了吃掉小童的念頭，由於那小童從不說話，關全便喚他作「啞童」。

某一晚，他做了個夢，夢中他身在故鄉，妻子微笑著照顧嬰孩，他自己則一口一口地淺嘗着家鄉的桂花釀，隱隱約約，聽到故鄉的歌謠……

然後他醒來了，睜開眼，發覺自己已淚流滿面，回頭望見啞童，正以陶笛吹著他故鄉歌謠的旋律。關全問：「你怎麼懂得我家鄉的歌？你是哪裡人！？」小童不答，用樹枝在泥地上寫：「你為何不回鄉？」

關全慘然一笑：「回去幹什麼？等餓死嗎？」

自那晚起，關全跟啞童親近了許多，經常跟啞童談起自己故
鄉的種種，但對家人則隻字不提，啞童只是點頭和微笑。關
全漸漸想起了從前的自己，那時的他良知未泯，沒殺過人
也沒吃過人。

有日關全又在密不透光的樹林中，邊走邊說：「朝廷稱我們作流寇，我們就自稱是義軍，其實叫什麼我沒所謂，做什麼也沒相干，我只是想吃飽！有時想，在這不見天日的林子永遠地走呀走，不再回去從軍，其實也挺好的。你說好在哪裡？就是這裡沒人呀！有人就有鬥爭，不會變的。」

在林中如此走了十餘日，尚未能見到張獻忠大軍一絲一毫的蹤跡，關全心裡疑竇漸生，忽見前方長了大片桂花樹，關全心想：「奇怪，桂花明明長於南方，何以蜀中也有了？」啞童忽然停步並向他微笑，手指向桂花林，示意關全進去。

關全帶著滿腹疑問，與啞童一起走入桂花林中，不過半炷香的時間，兩人便已穿過樹林。抬頭只見星光燦爛，四周都是破爛之極的房舍，關全只覺周遭景象無比眼熟。

「這不就是……就是我家鄉嗎？怎麼竟回到這兒來了？」關全疑惑地說，眼淚卻不自覺地流了下來。

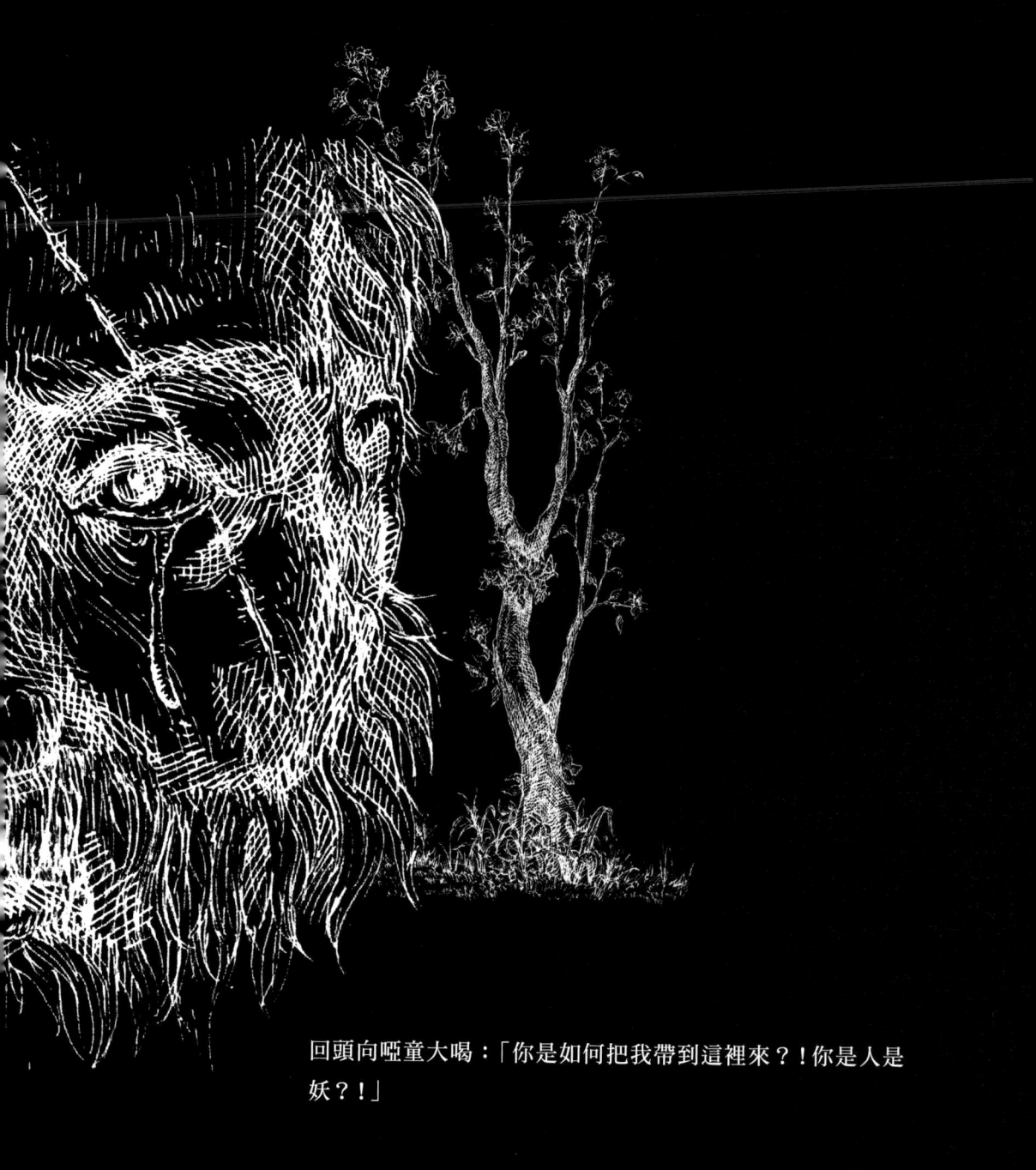

回頭向啞童大喝：「你是如何把我帶到這裡來？！你是人是妖？！」

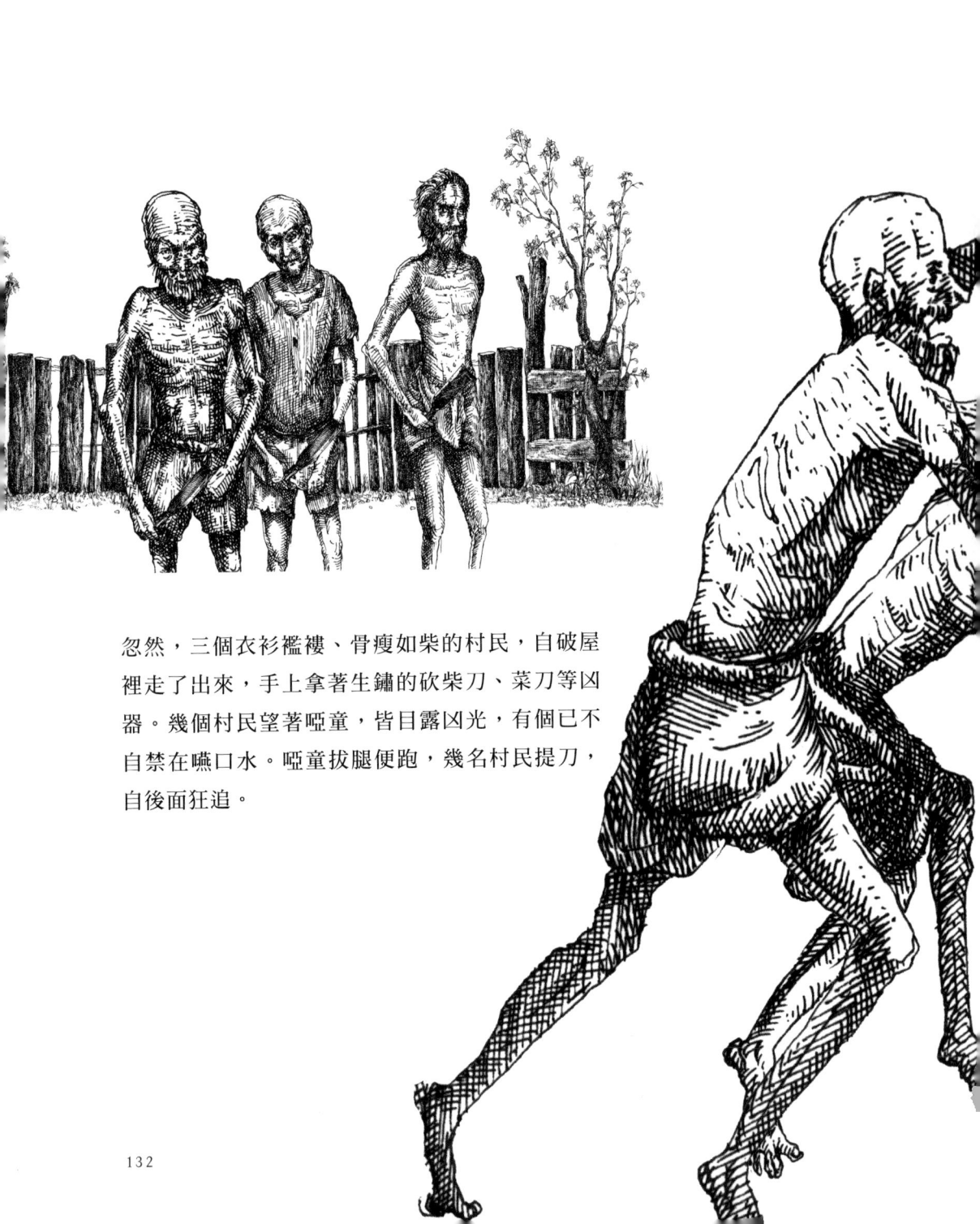

忽然，三個衣衫襤褸、骨瘦如柴的村民，自破屋
裡走了出來，手上拿著生鏽的砍柴刀、菜刀等凶
器。幾個村民望著啞童，皆目露凶光，有個已不
自禁在嚥口水。啞童拔腿便跑，幾名村民提刀，
自後面狂追。

關全大呼：「喂！你們別傷他！他是小孩！」

為保護啞童，關全赤手空拳，同時對付對方三人，立時險象環生，頃刻之間，身上便被深砍了兩刀，關全擊倒了其中二人，但自己卻也跌倒在地。

餘下一名村民，以劈柴刀一刀插進關全腹部。

關全痛極慘呼，盡最後之力，徒手把村民的頸扭斷。

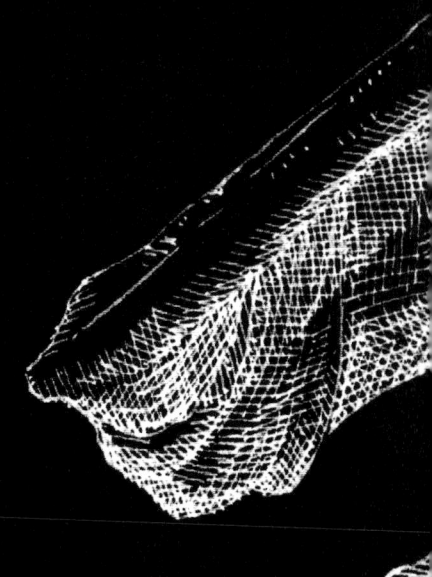

關全倒在血泊之中，意識漸漸遠離，口中尚在呢喃：「啞童，快走，別讓他們吃了你，快走啊……」

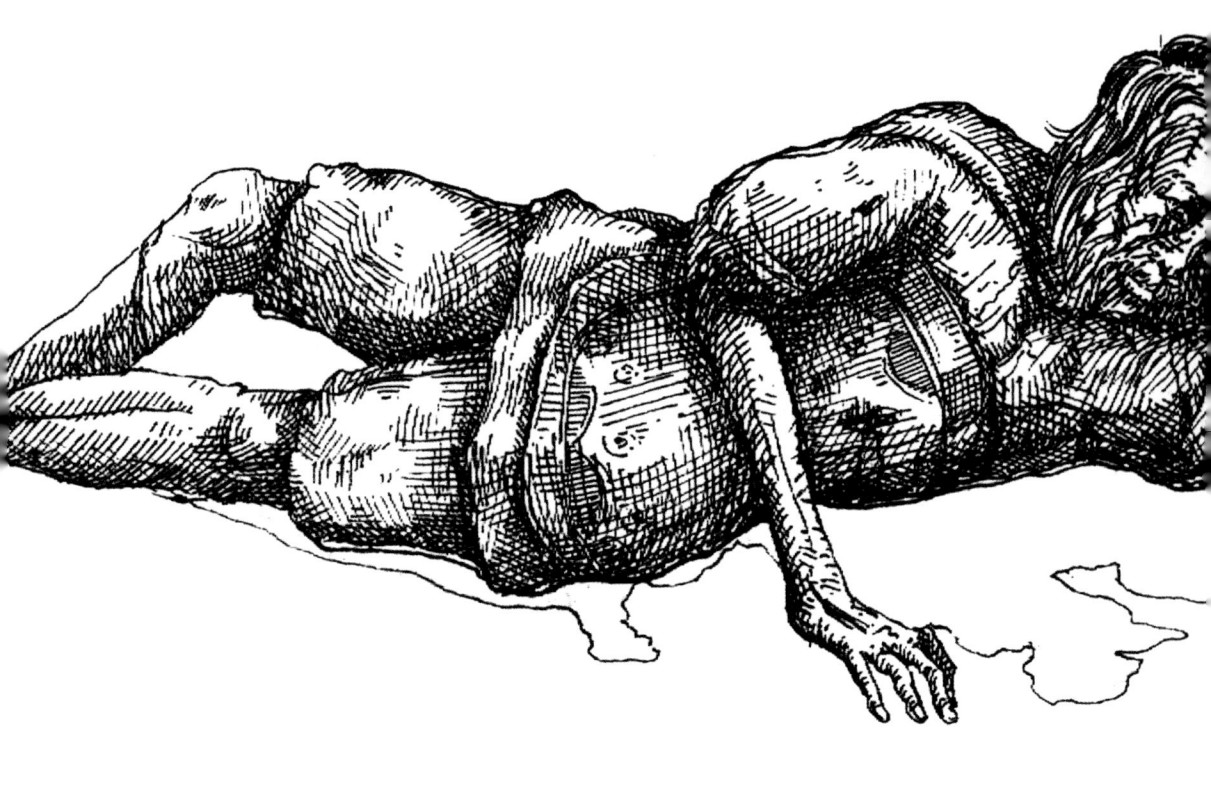

迷糊之中，只見啞童正低頭看他，說：「不用怕，痛一會兒便過去了。」

關全無力地問：「我……我大王的軍隊在哪？」啞童答：「他早被大明官軍殺了，現正在地獄受苦呢！」關全再問：「你又是誰？為何騙……騙我？」啞童答：「你已忘了我嗎？我是你至親的人啊！阿爹！你忘了嗎？當年大荒，正是我出生之時，你把我一口一口吃進肚子裡啊！是我讓你活下來啊！」

關全想起了。當年飢荒，野果吃盡了，樹根也吃盡了，自己餓得失去理智，他從
妻子手中把出生未滿月的獨子搶走，再宰來吃了。他記得肉的味道很鮮、很嫩，
吃的時候，他邊笑邊流淚……當他終於回復理智，他看到地上只剩一堆嬰兒骸
骨，妻子也懸樑上吊死了。

啞童眼中露出悲憫：「我不是回來報仇的，世間已夠多仇怨了。」啞童憂傷地望向一片荒煙蔓草，說：「這年頭，人比鬼作惡多，做人比做鬼難，死了也沒什麼可惜，我是帶阿爹你回來團聚的。」

只見他已死的妻子與孩子，牽著手微笑向他走來，模樣跟昔日一模一樣，關全看着她，又看看啞童，血與淚一起流過面上。

啞童說：「爹，娘親煮好了熱騰騰的白米飯，還預備了你最喜歡的桂花釀，我們一直都在等你回來！」關全低聲道：「等我回來……白米飯、桂花釀，好、好、好....」說完便斷氣了。兩眼圓瞪，嘴角猶掛著詭異的微笑，鮮血染紅了黃土。

忽然一陣怪風吹過，桂花紛紛落下，落到關全的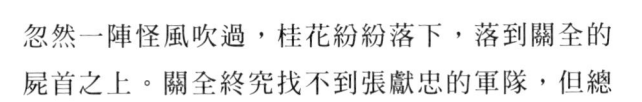屍首之上。關全終究找不到張獻忠的軍隊，但總算是回鄉了。

活在痛苦的世代，如果記憶可刪改，
讓我們活得快樂一點，我們願意嗎？

—

一位富可敵國的女士，到處尋訪高人解開她家中一幅畫的謎。終
於，有位男子出現，他擁有刪改人類記憶的能力。他向她講出他
的故事，最後揭發出畫的秘密正是他們兩人共同擁有的記憶。

篇四／Chapter 4

收藏家

人人都尊稱她「趙夫人」。趙先生早年就已去世，趙家上下都只聽趙夫人的。富可敵國的趙家，當今可說是要風得風、要雨得雨。但是，在趙夫人心裡，卻一直有個解不開的心結、一個回答不了的謎團。

那是一幅畫。

她承諾，不管是誰，只要能夠說出這幅畫的來歷，就可以獲取天價賞金。可是，
卻始終沒有任何消息。

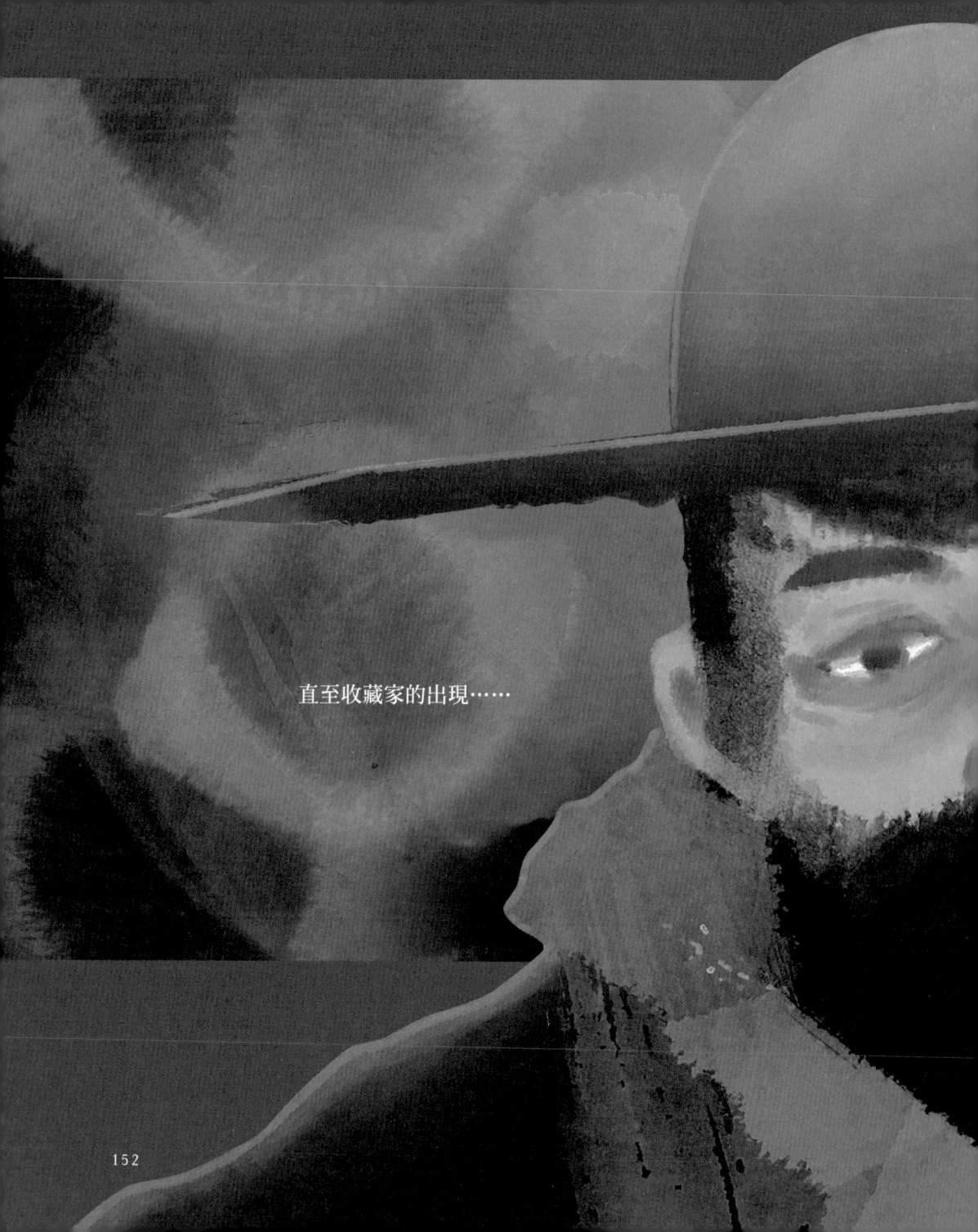

直至收藏家的出現……

但收藏家提出一個條件──在他講出這幅畫的來歷之前，

要先聽他講完他的故事。

那是很多年以前──年輕的收藏家帶著一只大皮箱，東奔西走，穿街過巷。在那只皮箱裡，是一套精密的記憶整容儀器。當年，「記憶整容」是炙手可熱的新興產業。

記憶，成了標價的商品，用來滿足顧客們各種五花八門的欲望。而越來越多的人，願意花上一筆不菲價錢，為自己虛構一段美好的人生。

收藏家也曾擁有一個幸福的家庭：溫柔賢慧的妻子，可愛活潑的女兒。

可如其來的病魔，

奪去了兩夫婦唯一的至愛。

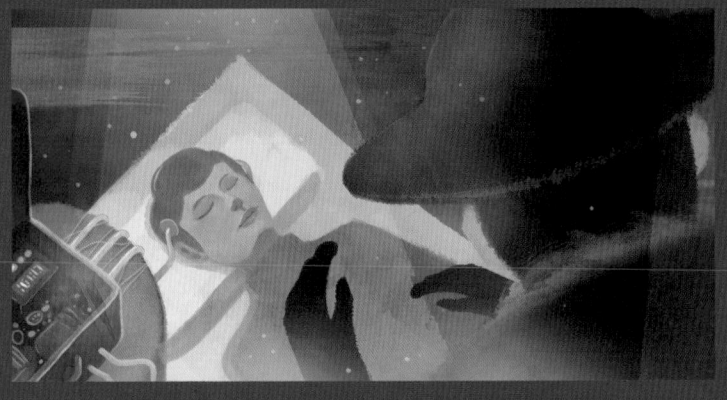

痛苦萬分的妻子無法接受現實。在她苦苦哀求之
下，收藏家為她抹去了所有關於女兒的記憶。

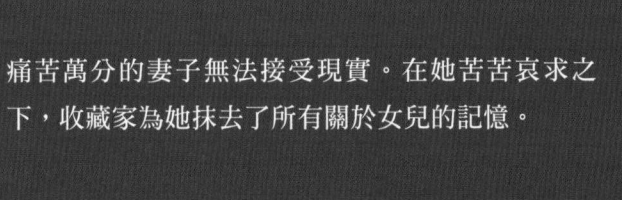

可輪到他自己的時候，收藏家卻猶豫了。

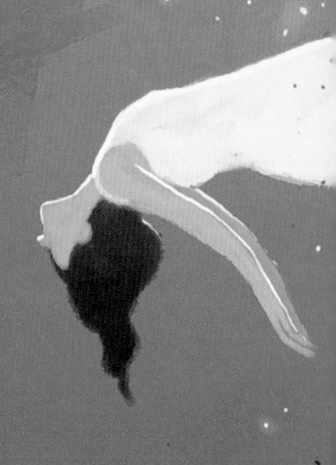

他記得，女兒蹣跚學步時，邁出的第一下腳步。他記得，女
兒牙牙學語的稚氣中喊出的第一聲「爸爸」。他記得，女兒柔
軟小手握在手中的溫暖……

在他腦海裡，所有關於女兒的記憶，雖然酸楚，卻很美好。
每一點一滴，他都不忍刪掉。

於是，他決定再為妻子做一次手術——這一次，他把自己也
從她的記憶中抹去。

他讓她重新開始新的生活。自己則帶著一只大皮箱，

孤身上路，不再回頭。

「每個人都想擁有虛構的完美，我卻寧願收藏缺憾的真實。」

「我的故事講完了，接下來，是時候告訴你關於那幅畫的來歷了。」

於是，收藏家邀請趙夫人，一起走進他的記憶。

收藏家的記憶世界，看起來就像一座古老豐富的圖書館。

一排排巨大層架，幾乎堆上了天花板；層架上，堆滿了一個個盒子和包裹。

前面幾排層架之間的小桌椅旁，

有一個小女孩正趴在桌子上，努力地寫著什麼……

「你看。我畫好了！」

看見趙夫人，小女孩興奮地舉起手中的畫。

「這是什麼呀？」趙夫人問。

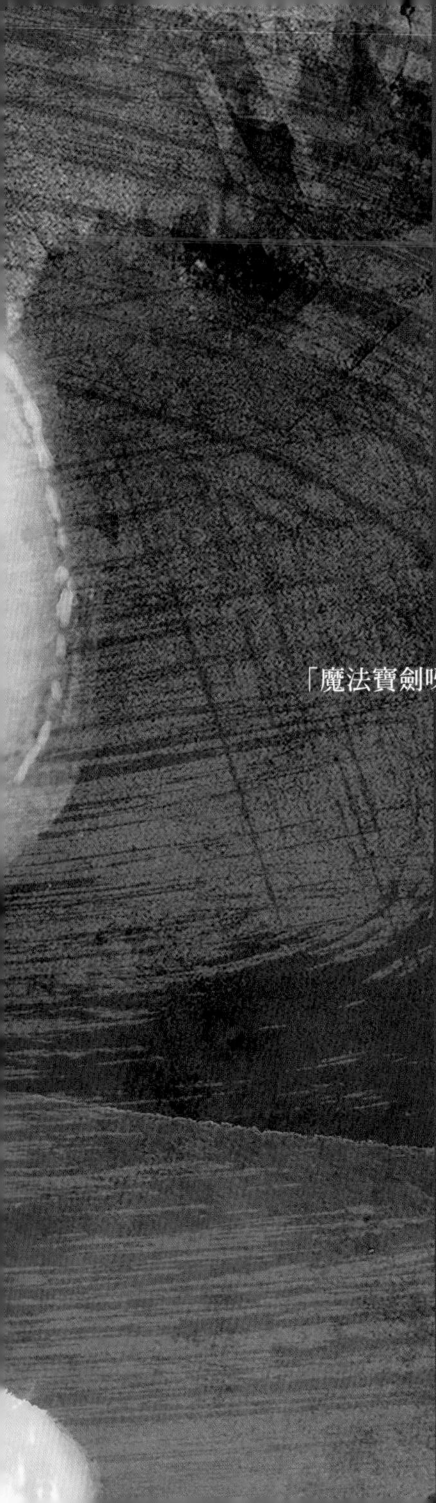

「魔法寶劍呀！」小女孩揚起稚嫩的小臉。

「醫生叔叔說，病魔很厲害，要很厲害的武器才能
打敗它，所以我畫了兩把魔法寶劍。一把給我自
己，這一把，是用來保護你和爸爸的──」

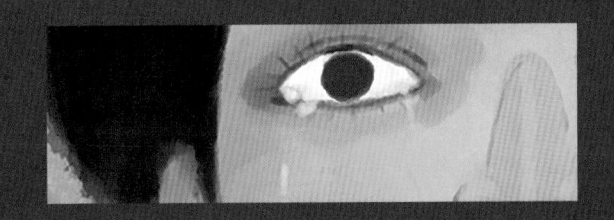

不知什麼時候，眼淚開始湧出來。

趙夫人緊緊抱著小女孩——她所有的記憶，都回來了。

收藏家向身後層架揚了揚手，「這些都是我收藏的記憶。除了屬於我們的，還有很多也曾有著它們的主人。所以，我想去找到他們——如果他們願意的話，我願意把這些記憶還給他們。」

「怎麼樣？你要不要一起來？」

趙夫人望向收藏家，用力點了點頭。

作為閉卷之作，這個故事既點出全書主題，
也道出童話的奇特意義：
童話其實預言了世界的未來。

——

一個只有一隻眼睛的小孩已夠嚇人，他預知未來的能力更叫人驚
恐。他被視為不祥之人，備受排斥，過著流浪生活。他看到人類
的厄運，但卻無力改變。他只好把他預知的事編成故事，但沒人
相信，人們只把它們視為天馬行空的童話。

篇五／Chapter 5

獨眼兒

這是一個發生在很久以前的故事。在一座荒僻的村莊，午夜傳來了一陣嬰兒哇哇啼哭的聲音。

一個小男嬰降生到這個世上，但這男嬰的樣子很奇特，他只有一隻大大的眼睛，模樣相當嚇人。

雖然如此，男嬰的母親還是緊緊把他抱在懷中，還給他起了
一個名字，叫「獨眼兒」。

可是獨眼兒的父親一見兒子這怪模樣就立即暈倒在地上。

第二天還偷偷收拾行李，離開了自己的妻子和兒子。從此，
就只剩下獨眼兒和母親，相依為命。

獨眼兒一天天的長大，與母親一起，過著平淡的生活。

由於他的怪模怪樣，村民們都不喜歡他，只有母親
一人愛他、疼他。

獨眼兒還有一點非常奇怪，就是他經常會說出一些不祥的預言，像是「你的豬要死了」，「樓下的樹明天要被風吹斷」等等，他的預言總是全部應驗。

198

但他預測到的事卻無法改變，村民們對他越來越害怕，叫他作「不祥的獨眼兒」。

有一晚他在房中偷偷哭泣，母親就問他：「兒子啊！你是為
了什麼事而傷心？」

獨眼兒回答：「母親，我看到你快要死了，從此我
就變成孤伶伶一個人了。」

果然他的母親很快就得了急病，不到一個月就病
死。

臨死前，母親緊緊捉着兒子的手說：「兒子，以後
你別再把看到的災禍說出來了。這世界人人都只喜
歡聽好事，沒人喜歡聽壞事的。閉上嘴巴，否則天
下之大，也沒有你容身之所啊！」

母親說完就死了。

獨眼兒埋葬了她並收拾行李，離開了村莊，在不同的地方流浪。

由於獨眼兒非常強壯，即使他模樣古怪，還是能在其他地方找到工作，也再沒有
把自己預見到的災禍告訴任何人了。

有一天，他來到了一座很美麗的村莊，還遇到了一個叫「阿綠」的女孩子。

阿綠一點也不怕他，還經常送他食物和找他聊天。

除了母親以外，她是世上對獨眼兒最好的人。

但是有一天阿綠問他：「獨眼兒，為什麼你經常用悲哀的眼神望著我？」

獨眼兒不忍心瞞她，就說：「因為我看到你在未來受了重傷，滿面鮮血的樣子。」
並把自己身懷異能的事告訴阿綠，獨眼兒說：「我能看到未來，但卻無法改變它，
這根本毫無用處。」

阿綠說：「怎會沒有用呢？因為知道厄運終將到來，我更加懂得珍惜現在的時光了。」

說完後她就吻了獨眼兒。然後，兩人靜靜地擁抱在一起。

有一天，獨眼兒預見到村莊被山火吞噬的景象，很多人被燒
死了，並把此事告訴阿綠。

阿綠說：「我們應該通知村民。」獨眼兒說：「告訴他們有什
麼用呢？厄運是無法改變的。」阿綠：「即使死神終將來臨，
我們也應奮力反抗，而不是坐以待斃。」

於是他們到處通知村民，並勸村民們到其他地方暫避。村民們毫不相信，並譏諷他們謊話連篇。

終於有一天，山火吞噬了村莊，大半的村民被燒死了。

倖存下來的村民非常憤怒，說獨眼兒是不祥之人，為他們帶來不幸。他們用火把包圍二人，並說要將獨眼兒活活燒死。

阿綠問村長：「你們要怎樣才肯放過獨眼兒呢？」村長說：「除非他變成有兩隻眼睛吧！」阿綠問：「他有兩隻眼睛，你們就會放過他嗎？」村長大笑：「對！如果他跟我們一樣有一雙眼睛，就不燒死他！」

於是阿綠微笑著把手伸到臉龐上。

把自己的右眼挖了出來。

她把眼睛交到獨眼兒手裡，並說：「獨眼兒現在有兩隻眼睛了！」鮮血沿着阿綠的眼睛一直流下來。村民們看到了，又震驚又害怕，悻悻然離去了。

獨眼兒為阿綠包紮好傷口，離開了廢墟一樣的村莊，到處流浪。兩個人生活得非常艱苦但又非常幸福，因為他們都愛著彼此。

二十年後，阿綠安祥地逝世了，獨眼兒又再次變回一個人。他的異能越來越厲害，他不只看到一年後，他甚至能看到十年、一百年、甚至一千年之後所發生的事。他預見到各個興起又衰落的王國，他預見到不斷重複的戰爭和革命，他預見到人類終將走向滅亡。他能預見厄運，卻無法改變，因人類的本質不會改變……他只好把看到的統統編成故事，並告訴他們厄運終將來臨。

當然，沒有人相信他，只把他的故事，當成是奇怪的童話。

國家圖書館出版品預行編目（CIP）資料

亂世童話：澳門人給這一輪紛亂世代的備忘錄 / 李峻
一、寂然、鄧曉炯文；林揚權、袁志偉、霍凱盛圖 · —
一版 · — 新北市：八旗文化、遠足文化 · 民 106.12
面；公分 · — (八旗人文；19)
ISBN 978-986-95561-7-0(平裝)

857.61   106022021

八旗人文 19

亂世童話
澳門人給這一輪紛亂亂世代的備忘錄

文字 —— 李峻一、寂然、鄧曉炯
繪畫 —— 林揚權、袁志偉、霍凱盛
封面插圖 — 袁志偉
編輯 —— 王家軒
校對 —— 陳佩伶

企劃 —— 蔡慧華、趙凰佑
總編輯 —— 富察
社長 —— 郭重興
發行人兼
出版總監 — 曾大福
出版者 —— 八旗文化 / 遠足文化事業股份有限公司
地址 —— 231 新北市新店區民權路 108-2 號 9 樓
電話 —— (02)2218-1417
傳真 —— (02)86671065
客服專線 — 0800-221-029
信箱 —— gusa0601@gmail.com
Facebook— facebook.com/gusapublishing
Blog —— gusapublishing.blogspot.com
法律顧問 — 華洋法律事務所　蘇文生律師

裝幀設計 — 霧室
印製 —— 前進彩藝有限公司

初版一刷　2017 年 (民 106) 12 月　一版一刷
Printed in Taiwan
定價 —— 380 元
著作權所有 · 翻印必究
ISBN —— 978-986-95561-7-0
本書如有缺頁、破損、裝訂錯誤，請寄回更換

聯合出版 — 澳門《新生代》雜誌
新生代 NEW GEN. monthly